EL BARCO
DE VAPOR

# ¿Quién sabe liberar a un dragón?

Paloma Sánchez Ibarzábal

Ilustraciones de Andrés Guerrero

sm

LITERATURA**SM**•COM

Primera edición: febrero de 2007
Decimotercera edición: mayo de 2016

Edición ejecutiva: Gabriel Brandariz
Coordinación gráfica: Lara Peces

© del texto: Paloma Sánchez Ibarzábal, 2007
© de las ilustraciones: Andrés Guerrero, 2007
© Ediciones SM, 2015
  Impresores, 2
  Parque Empresarial Prado del Espino
  28660 Boadilla del Monte (Madrid)
  www.grupo-sm.com

ATENCIÓN AL CLIENTE
Tel.: 902 121 323 / 912 080 403
e-mail: clientes@grupo-sm.com

ISBN: 978-84-675-7967-3
Depósito legal: M-7834-2015
Impreso en la UE / *Printed in EU*

*Para mis sobrinos*
*Sergio, Daniel, Inés, Jaime, Rebeca y Javier,*
*que aún tienen edad de liberar dragones.*

Érase una vez un dragón atrapado en las páginas de un cuento viejo.

Más solo que la una estaba. Solo él y su cueva. Nadie más. Ni el sol de día, ni la luna de noche. Ni gente, ni otros dragones que le hicieran compañía. Ni nubes, ni lluvia, ni viento, ni nada de nada.

El dragón saltaba de una página a otra, como el que salta de un prado

al prado de al lado, entre la niebla. Pero no encontraba a nadie. Todos se habían marchado hacía mucho tiempo de ese cuento. De vez en cuando, tenía suerte y encontraba un zapato perdido, abandonado en el rincón de alguna página. Y el dragón pensaba: «Debió de pertenecer a algún campesino».

O encontraba un lazo rosado, sucio y medio roto.

«Debió de pertenecer a alguna muchacha», se decía el dragón.

Pero, aparte de esas pequeñas cosillas insignificantes, nadie le acompañaba en sus larguísimos días.

Hubo un tiempo en el que el cuento estuvo lleno de historias y dibujos preciosos: hermosas montañas, pueblos entrañables, cielos azulísimos, bosques sombríos, lagos cristalinos...

–¡Ay, aquellos tiempos felices! –se lamentaba el dragón cuando recordaba por las noches.

Y es que por las noches al dragón le entraba la nostalgia...

La nostalgia es el deseo de que las cosas vuelvan a ser como siempre fueron. Y todas las noches, el dragón deseaba que las páginas de aquel cuento volvieran a llenarse de personajes, de letras, de dibujos hermosos, y contaran juntos una historia. Como antes. Pero sabía que eso era imposible. Porque el tiempo... ¡nunca vuelve hacia atrás! Y entonces, esa nostalgia se le enredaba en su enorme corazón de dragón, como una hiedra venenosa, ahogándolo de pena.

Y el dragón, resoplando soledad en la entrada de su cueva, recordaba... Recordaba su propia historia de dragón terrible...

Era la suya una historia típica de dragones: con su Caballero Valiente, con los campesinos miedosos y brutos, con un niño amante de los dragones... ¡y hasta con un hada! Era... ¡era su historia!

Y por eso a él le parecía hermosa, aunque fuera una historia corriente de dragones.

... Él era un dragón joven entonces, recordó... Un dragón algo travieso, pero no malo. Intentaba hacer las cosas bien, pero a veces le salían mal... ¡aunque siempre sin querer! Le gustaba la gente, pero se sentía muy solo allá en las altas montañas, donde estaba su cueva. Y por eso volaba cada día sobre el pueblo para ver qué hacían los campesinos. Él quería tener amigos para salir con ellos a jugar por el bosque.

¡Pero los campesinos le temían! Su cuerpo de dragón terrible les aterraba.

«Tengo que hacer algo bueno por la gente del pueblo –pensó el dragón–, algo que les demuestre que quiero ser su amigo».

Así comenzaba el cuento, recordó.

Y después de que pensara esto, el dragón se pasaba a la página siguiente. Y la historia continuaba...


... Un día, el dragón vio a los pastores de ovejas cuidando de sus rebaños en la montaña. Hacía tanto frío que el aliento se les volvía de humo al salir de su boca. Tiritaban. El dragón se compadeció de ellos y pensó: «Haré un buen fuego para que se calienten».

Y pasó en vuelo rasante sobre los pastores. De su boca salió una poderosa llamarada y se encendió la hoguera.

El dragón pensó: «Ya tienen donde calentarse».

Pero los pastores dijeron:

–¡El dragón nos ataca con bocanadas de fuego! ¡Sálvese quien pueda!

Y echaron a correr colina abajo, olvidando a las ovejas en el monte.

«¿Por qué habrán salido corriendo?», se dijo el dragón.

En ese momento, al dragón le entraron unas ganas enormes de estornudar. ¡Y estornudó!

Y al estornudar se desprendió de su garganta todo el hollín acumulado por echar tantos fuegos. ¡Una gran nube de polvo negro envolvió a las ovejas más cercanas! Cuando la nube desapareció, las ovejas blancas... ¡habían dejado de serlo!

El dragón, al ver aquello, no le dio importancia.

–¡Vaya, los pastores se alegrarán de tener medio rebaño blanco y otro medio negro! En la variedad está el gusto.

Y tranquilamente regresó a su cueva.

Cuando los pastores regresaron por el rebaño (varias páginas después) dijeron:

–¡El dragón ha chamuscado nuestras ovejas!

Ese incidente le dio mala fama.

Y a partir de ese día le echaban la culpa de todo cuanto sucedía, aunque el dragón nada tuviera que ver en ello.

Si un rayo caía sobre las cosechas y se incendiaba el maíz, los del pueblo decían:

–¡Ha sido el dragón!

Si soplaba un viento salvaje por la noche y el granero se derrumbaba, los del pueblo aseguraban:

–¡Esta noche sopló fuerte el dragón!

Si los niños enfermaban de sarampión, la gente murmuraba con rencor:

–¡Mala suerte trae ese dragón!

Como veis, una historia muy corriente de dragones.

Un día llegó el Caballero Valiente, que resultó no serlo tanto. Eso fue unas cuantas páginas más adelante, casi por la mitad del cuento.

¡Qué altivo parecía cabalgando en su caballo negro! Daba la impresión de que se iba a comer el mundo de un bocado. El dragón, desde su cueva de la montaña, lo vio llegar cabalgando por el sendero. Dejaba una larga estela de polvo, y los campos de trigo y los maizales se borraron tras ella.

—¡Yo solucionaré los problemas que el pueblo tiene con el dragón! —anunció en la plaza.

En la fuente estaban las muchachas recogiendo agua en sus cántaros de barro. ¡Qué guapas estaban dibujadas las muchachas!, recordó el dragón. Las muchachas se sonrojaron al ver al caballero, y el caballero sacó pecho.

—Yo voy de pueblo en pueblo. Cazo dragones por todo el mundo —volvió a decir, petulante.

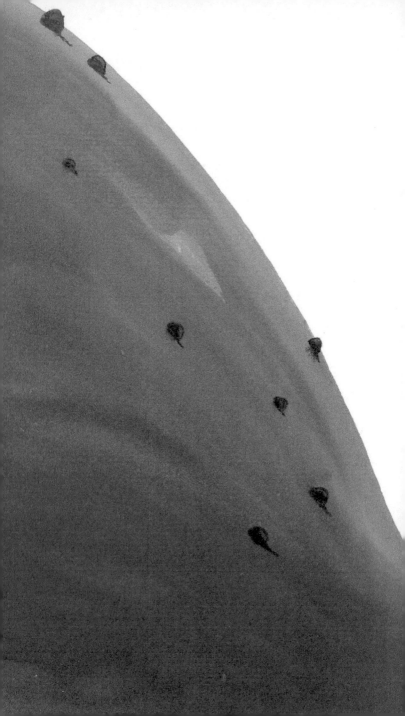

–¡Pero no era tan valiente como él afirmaba!

El caballero (y esto sucedió en la página siguiente) subió decidido a la montaña, con una enorme lanza en una mano y un escudo en la otra. El dragón, que estaba aburrido, sin nadie con quien jugar, le observaba desde la entrada de su cueva.

«Tal vez –pensó el dragón, más animado– podría jugar un poco con ese caballero. ¡Él es valiente y no me tiene miedo! Y después de jugar... ¡reconocerá que soy un dragón pacífico, que solo quiero ser amigo de las gentes!».

Y al dragón se le ocurrió un juego.

Salió al camino a recibir al caballero. ¡Le sorprendería y los dos se reirían jugando al escondite!

Para ello tenía que esconderse. Y para esconderse, el dragón abrió la válvula que tenía en el fondo de su nariz y... empezó a echar humo, y más humo, y más humo... hasta que tanto humo envolvió su enorme y terrible cuerpo.

El caballero pensó: «Hay niebla en el camino. ¡Mejor, así el dragón no me verá!».

El dragón, camuflado por el humo, se acercó por detrás al caballero. Le tocó la espalda.

–¿Quién anda ahí? –preguntó el caballero, sobresaltado.

–Soy el dragón... ¿A que no me encuentras?

El caballero dio un bote. ¡Sus dientes castañetearon! ¡Su armadura tembló! ¡Su lanza cayó al suelo! El miedo repiqueteante del caballero se escuchó en todo el valle, transportado por el eco.

El dragón se puso entonces en el lado izquierdo del caballero. Le tocó el hombro.

–Solo quería decirte...

Pero al dragón no le dio tiempo...

Al caballero, además del tembleque, le entró dolor de tripas. Tanto dolor y tanto miedo que no tuvo más remedio que escapar corriendo.

¡Echó a correr colina abajo a esconderse entre los árboles del bosque! ¡Y estuvo cuatro páginas seguidas escondido, sin decir ni pío!

Y todos los del pueblo pensaron: «¡Qué terrible debe de ser ese dragón cuando un caballero tan valiente baja y se esconde durante cuatro páginas!».

–¡Qué tiempos aquellos! –suspiró el dragón, recordando esa noche en la entrada de su cueva–. ¡Al menos, tenía con quién entretenerme!

... Entonces, le vino a la memoria el Hada Desorientada, que se le apareció un día en el bosque y le libró de caer en un foso trampa lleno de erizos que los del pueblo le habían preparado. Si hubiera caído... ¡aún estaría quitándose las púas! ¡El Hada Desorientada! ¡Su dibujo ocupaba una página entera! ¡Justo en la mitad del cuento! Con su vestido rosa y azul brillante. ¡Qué hermosa estaba en aquella ilustración! Iba siempre con la varita mágica de acá para allá rescatando a las gentes que se perdían en los bosques. Aunque... tenía solo un pequeño defecto: confundía siempre el Norte con el Sur, el Este con el Oeste, la derecha con la izquierda y arriba con abajo. Si te perdías, te rescataba. Lo malo era que, en lugar de

enviarte a tu casa, te mandaba a cualquier parte del mundo. ¡Era tan graciosa! ¡Cómo echaba de menos al Hada Desorientada! ¡Ella sí que le hubiera ayudado a salir de allí, de esas páginas solitarias y viejas del cuento! Pero... ¡vete tú a saber adónde le hubiera mandado!

Y recordando, recordando...

... Recordó también al niño campesino de seis años... ¡Ese sí que fue un niño valiente! ¡Y no el caballero presumido! Se encontró con él un día, de pura casualidad... El Hada Desorientada le indicó el camino del pueblo (que estaba abajo, en el valle) señalando arriba, a la montaña. Y el niño, cuando quiso darse cuenta, apareció ante la cueva del dragón. Al principio, sintió miedo. Y a punto estuvo de salir corriendo. El dragón, al verle cerca, se puso otra vez contento y salió a recibirle dando grandes saltos. Pero los del pueblo habían puesto cerca de la cueva un montón de cepos de cazar ratones... ¡Y el dragón pisó varios de ellos! ¡Huy, cómo le dolió!

–¡Pobrecillo! –dijo el niño al ver cómo se cerraban los cepos sobre las patas del dragón–. ¡Tiene sangre!

El dragón se miró la pata. ¡Huy!, era verdad. ¡Se había hecho sangre!

Y la sangre... ¡al dragón le daba miedo! ¡Tan roja, tan rojísima! ¡Tan líquida, tan liquidísima! Si en vez

de roja fuera dorada y no chorreara tanto... Y... ¡PUM!... ¡Se desmayó! La tierra tembló cuando el dragón cayó. En el pueblo, unas cuantas casas se derrumbaron.

Cuando despertó, el niño de seis años estaba junto a él, soplando en su herida para que no le escociera.

Faltaba poco para el final del cuento. Tan solo quedaban dos o tres páginas, cuando, de repente... ¡algo pasó en el pueblo!

El dragón lo vio todo desde su cueva. ¡En la escuela se originó un incendio!

La gente gritaba:

—¡Ha sido el dragón, ha sido el dragón!

Al oír los gritos de los niños, el dragón no se lo pensó dos veces.

Se lanzó en picado hacia el agua. Y de un solo trago de dragón terrible, ¡se bebió medio lago!

El dragón salió del agua gordo, enorme, hinchado. Sus pequeñas alas apenas podían levantarle tres metros del suelo. Y volaba despacísimo. Pero fue suficiente. Revoloteó sobre la escuela, gordo y pesado. ¡A punto estuvo de desplomarse sobre el tejado! ¡Habría sido una catástrofe! ¡Hubiera aplastado a los niños! Pero no sucedió así. Y justo cuando estaba en la mitad del tejado, como un aspersor, soltó el agua.

¡Los niños se salvaron!

Y desde aquel día, todo cambió para él.

El rey le nombró Apagador de Fuegos de todo el reino. Le subieron a una tarima en mitad de la plaza y le pusieron una medalla dorada. El dragón, de la alegría, saltó. La tarima se hundió, los adoquines de la plaza se rajaron y las aceitunas de los olivos cayeron todas a la vez del árbol.

Nadie se enfadó, porque a los héroes se les perdona todo. Los olivareros dijeron:

–¡Es fantástico! Con el dragón recogeremos rápido la cosecha.

Y aprovechando la ocasión, el rey también le nombró Cosechador Principal del reino.

Le subieron a otra tarima y le pusieron otra medalla. Y esta vez con-
tuvo su alegría y no saltó.

Esto sucedió en la página final del
libro. Una página hermosa, sin duda.
Pero esa página había desaparecido
hacía muchísimo tiempo.

Ahora ya no estaba ninguno de
ellos. Ni el niño, ni el hada, ni el caballero. ¡Ni siquiera los habitantes del
pueblo! ¡Cómo los echaba de menos!
¡Lo que él hubiera dado por que le pu-
sieran de nuevo otra trampa! ¡Al menos no estaría solo! Y en algo podría
entretenerse.

–¡Sí, ese fue un cuento hermoso,
un cuento bonito! –suspiró el dragón
en la entrada de su cueva.

Pero de aquello hacía ya mucho tiempo.

¡El cuento había viajado tanto! Había pasado por tantas manos, por tantos niños...

Y el dragón siguió recordando, junto a su cueva, entre la niebla de páginas en blanco que le envolvía.

Fue un cuento que perteneció a una abuela cuando la abuela era una niña de seis años. Y luego, cuando la niña de seis años creció y tuvo a su hijo, el cuento perteneció a su hijo, también de seis años. Y cuando el niño de seis años se hizo mayor y tuvo un niño también de seis años, le regaló el mismo cuento.

–Toma –le dijo a su hijo de seis años, que era el nieto de la abuela del principio–, te regalo este cuento precioso que cuenta la historia de un dragón. Me perteneció cuando yo era niño, y antes perteneció a mi madre, y antes, a mi abuela. Ahora es tuyo.

Y el niño de seis años, con su padre, leía el cuento todas las noches antes de dormirse, bajo la luz azulada de la lamparilla. El niño dormía con el cuento entre sus brazos. ¡Qué cuento más mimado fue entonces! Y cuando el niño soñaba, el dragón se encontraba con él en sus sueños.

Y subía al niño sobre sus espaldas, volando los dos, sobre los campos de trigo.

Pero ahora, el niño había crecido. Ya no tenía seis años. Y ningún otro niño había llegado a la casa. El cuento llevaba muchos años olvidado en el baúl. Sus páginas se habían vuelto amarillas, frágiles, casi eran páginas de polvo o de niebla. Y todos los demás protagonistas, poco a poco, se habían ido marchando...

El Hada Desorientada desapareció una tarde de lluvia, cuando el agua de las goteras cayó sobre el baúl. Harta de que se le mojara su vestido siempre que llovía, decidió autorrescatarse, y se envió a sí misma al cuento de *Las Mil y una Noches*. Pero, como siempre, perdió el rumbo y apareció en un cuento francés moderno, en una página con una ilustración de la torre Eiffel. Decidió entonces modernizarse y trabajar como hada guía de turistas dentro de ese libro.

Hace años envió una postal que dio tres veces la vuelta al mundo antes de llegar a su destino.

El Caballero Valiente, armándose de valor, se adentró en la oscuridad de una mancha de tinta de un bolígrafo roto que fue a parar al baúl por un descuido.

Nadie volvió a saber de él, pero es probable que la mancha de tinta le transportara hacia otra historia donde tal vez trabaje de otra cosa que no requiera mucho valor.

Al pequeño niño campesino, un día de aire, sin saber cómo, ¡el viento se lo llevó volando!

El dragón lo vio por la ventana. Cuando iba muy alto, cerca de las nubes, saltó de la página y cayó sobre un cuento de exploradores y selvas que leía una niña en un parque. ¡Y allí se quedó, encantado y curando jirafas y leones heridos!

El pueblo entero fue pasto de las ratas que merodeaban el desván. Y ni siquiera las letras que contaban la historia, las aventuras de todos ellos juntos, habían sobrevivido. El tiempo las fue borrando una a una, volviéndolas invisibles.

Solo quedó él. El terrible dragón.

Quizá, pensó, parecía tan terrible que nadie fue capaz de atreverse a sacarlo del cuento: ni la lluvia, ni el viento, ni las ratas, ni siquiera el tiempo. ¡Pero él no era terrible! Aunque lo parecía. Es verdad que a veces rugía y echaba fuego por la boca. Y todo retumbaba cuando él saltaba. ¡Eso es lo que hacen todos los dragones! Pero nunca había hecho daño a nadie. ¡Ni siquiera a los del pueblo, que tanto miedo le tenían, cuando andaban siempre con sus trampas para dragones!

Y allí se quedó desde el día en el que todos desaparecieron, atrapado en el cuento viejo, en una historia caducada, en una historia de otros tiempos, esperando en la entrada de su cueva. ¿Esperando a qué? Ya nadie vendría a liberarlo.

Y así, habían pasado los días, y los meses, y los años...

Hasta que... ¡ocurrió algo!
Algo que el dragón no esperaba.

Fue una mañana. Una mañana de esas en las que a la gente se le ocurre hacer limpieza en las casas.

El dueño de la casa entró en el desván y anduvo revolviendo en cajas, cajones y armarios. Luego, ¡abrió el baúl! El dragón, en la entrada de su cueva, se fijó en él. ¡Aquel señor le recordaba al niño de seis años con el que tanto jugó en sus sueños!

El dragón se puso de pie junto a su cueva. Empezó a rugir y a rugir. Saltó de una página a la otra como cuando se salta de un prado al prado de al lado entre la niebla. ¡Tal vez el hombre le iba a sacar de allí! El hombre cogió el libro. Al dragón, el corazón casi se le sale del pecho. ¿Se acordaría de él?

El hombre se manchó las manos de polvo y estornudó.

–¡Uf, qué sucio!

Hojeó el cuento. El dragón se quedó esperando con el alma en vilo. ¿Lo vería el señor? ¿Lo sacaría de allí? ¿O quizá

no era él ese niño de seis años con el que voló por los campos de trigo?

El señor estornudó varias veces más.

–¡Está hecho un asco! ¡Qué pena! –dijo con tristeza. Y los ojos se le llenaron de nostalgia.

Pero... no liberó al dragón.

Era ya demasiado mayor para saber liberar dragones atrapados.

Cerró el cuento y lo tiró en una bolsa de basura.

Al día siguiente, la bolsa de basura llegó al estercolero de la ciudad. La bolsa se abrió con tanto meneo en el camión. Que si un bache aquí, que si un agujero allá, que si ahora una curva, que si luego una cuesta empinada. Y el libro salió despedido de la bolsa. Quedó a la intemperie, a cielo abierto.

Aquel día llovió y unas cuantas páginas se deshicieron.

«Me queda poco tiempo de vida», pensó el dragón, refugiándose de la lluvia en la entrada de su cueva.

Y se echó a dormitar.

Por la noche, el cielo se llenó de estrellas y cayó una buena helada sobre la ciudad. El dragón tiritaba de frío acurrucado en su cueva. ¡Si hubiera tenido un poco de leña, hubiera hecho una hoguera! Al fin y al cabo, él era un dragón y los dragones pueden encender hogueras con mucha facilidad.

¡Pero ni siquiera le quedaba leña dentro del cuento!

Y el dragón solitario siguió tiritando toda la noche.

Por la mañana le despertó el calorcito del sol. La escarcha que cubría el libro se derritió. El dragón salió de la cueva. Le quedaba poco tiempo de vida, pero no quería morir congelado.

«¿Hay algo más ridículo para un dragón que echa fuego por la boca que morir congelado?», se dijo.

El estercolero se llenaba de actividad todas las mañanas.

«¿Qué será ese ruido que se oye?», se preguntó.

Eran las máquinas enterradoras de basura. El dragón se tumbó a la entrada de su cueva a esperar. Quizá las máquinas llegaran pronto junto al cuento y lo enterraran para siempre. Y entonces él... ¡desaparecería! ¿Quién lo recordaría? Uno muere cuando le olvidan.

Pero ¡había alguien más en el estercolero! Alguien a quien el dragón no había visto.

Por allí andaban los chicos del poblado de chabolas rebuscando cosas por el suelo. Que si unos tornillos, que

si unas latas, que si unas piezas de ordenador, que si unos zapatos para mi hermana... Cosas que la gente tiraba y que ellos se guardaban para luego vender. ¡Algún dinerillo sacaban! La gente tiraba tantas cosas que aún servían...

El dragón los observaba desde la entrada de su cueva. «Todos son mayores», pensó. Nadie le haría caso. Además, ¿quién iba a hacer caso a un dragón atrapado en un libro tan viejo? ¿Un libro que ya no cuenta ninguna historia?

Uno de los chicos andaba por allí y cogió una lata. Al lado, estaba el cuento. Iba a marcharse sin más, pero sintió curiosidad. Y se agachó a recogerlo.

Al dragón, el corazón casi se le sale del pecho.

Pero...

–¡Bah, qué viejo! No me darían ni dos céntimos. No vale para nada –dijo el chaval.

Y lo tiró de nuevo.

Fermín andaba por allí cerca. El dragón, desde su cueva, no le había visto. Fermín iba con unas zapatillas que le quedaban grandes y un jersey que le quedaba pequeño. Su cara estaba llena de churretes porque esa mañana se había ido de casa sin lavar. Y tampoco se había lavado la noche anterior. En su casa no había grifo, ni ducha con agua corriente. Había que andar mucho hasta la fuente y, por eso, él se lavaba poco.

Fermín tenía seis años.

Tendría que estar en el colegio, pero no iba mucho. Le gustaba más irse de correrías con los mayores a buscar chatarra entre las basuras. Y a veces, hasta se escapaba.

Fermín vio el cuento que había tirado el chico mayor y lo cogió.

Nunca había tenido un libro. No sabía leer. Ni escribir. Fermín lo hojeó con curiosidad.

El dragón seguía acurrucado en la entrada de su cueva. Aunque había visto a Fermín, ya no tenía fuerzas ni para dar un simple rugidito. Mucho menos para dar un salto y llamar su atención. ¡Y no digamos para echar fuego por su enorme boca!

El dragón miró a Fermín sin esperanza. Fermín miró al dragón.

«¡Qué dragón más triste!», pensó Fermín.

El chico mayor se acercó a Fermín y también miró al dragón.

–¡Qué dragón más feo! ¡Qué porquería de cuento! ¡Bah, Fermín, tíralo! No vale para nada.

Y ya se lo iba a quitar el chico mayor para lanzarlo lejos, hacia la máquina enterradora de basura, cuando... ¡Fermín se abrazó al cuento!

–¡Me lo quedo!

Se fueron todos a casa. Cada uno con sus pequeños tesoros encontrados. Los mayores se iban riendo. ¡Qué cosas tienen los pequeños!

Fermín caminaba detrás, con su libro apretado contra el pecho. El dragón escuchaba los latidos del corazón de Fermín. Y los latidos le calentaron el cuerpo.

Entraron en el poblado los chicos mayores, y Fermín detrás. Vio su casa allá en el fondo, hecha de plásticos, cartones, puertas viejas y latón. Pensó: «Es una casa tan destartalada como este cuento».

¡Pero a él le gustaba porque era su casa! Y las casas son bonitas no por cómo son por fuera sino por cómo son por dentro. Y dentro estaba su madre, la madre de Fermín, preparando sopa. A Fermín le olió bien. Y su madre, al verle entrar, le dio un beso.

–Deberías haber ido al colegio –le dijo algo enfadada, aunque no demasiado.

El colegio quedaba lejos.

Fermín se sentó en su cama y abrió el cuento. Ahí seguía el dragón, junto a su cueva.

–¡Pobre dragón! Parece tan solo en este cuento… ¿Cómo es que todos se han ido y él se ha quedado ahí, solito?

A Fermín le dio mucha pena el dragón. El dragón, al ver a Fermín, se había espabilado. Ahora su corazón latía deprisa otra vez. ¿Le querría Fermín? ¿Sabría liberarlo? ¡Fermín tenía seis años! ¡Él era un dragón especializado en niños de seis años!

Entró el chico mayor a la casa y le vio con el cuento.

–Ese cuento solo sirve para tapar un agujero de la pared y que no entre el aire por la noche.

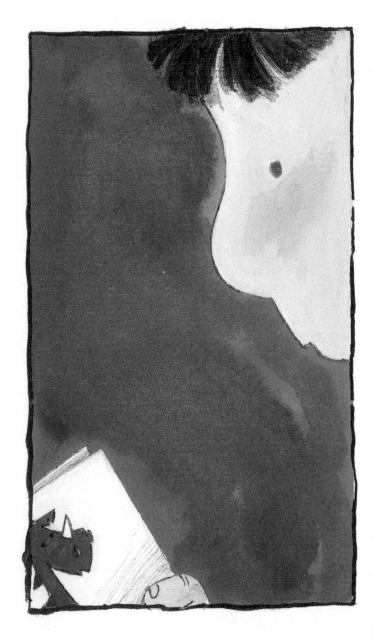

Y ya se lo iba a quitar a Fermín para tapar el agujero por donde entraba el aire. Pero Fermín lo apretó otra vez contra su pecho.

–¡Lo quiero!

El chico mayor se encogió de hombros y salió de la casa con un trozo de pan en la mano.

Fermín miró al dragón.

–¿Qué puedo hacer contigo? –le dijo–. Nadie te quiere, y eso es porque estás atrapado en este libro tan viejo. Mi casa también es vieja, como tu libro.

Y pensó un poco. Miró a su alrededor...

¡Fermín tuvo una idea!

Buscó unas tijeras. Su madre se las alcanzó, pues estaban en una estantería, muy en lo alto. Él no llegaba ni de puntillas.

—Ten cuidado, no te cortes —le dijo su madre.

Leer no sabía, pero sí recortar. Si recortaba despacito, no se salía de los bordes.

—No te asustes —le dijo al dragón—. No te haré ningún daño.

Y el dragón se estuvo quieto.

Y con mucho cuidado, Fermín empezó a recortar al dragón. Y ris-ras, ris-ras, hasta que acabó.

Le cortó un poco de más en una pata. Y un poco de menos en una de sus alas. Pero al dragón no le dolió.

Cuando Fermín acabó, cogió al dragón y lo sacó de las páginas del cuento viejo.

–¡Qué grande parece fuera del libro! –exclamó contento Fermín al verlo entre sus manos.

¡Y es que el dragón había engordado de felicidad!

Fermín pegó al dragón en la pared de hojalata, junto a su cama. Su madre le dio un pegamento a medio gastar que su hermano había encontrado en las basuras.

–¡Qué dragón más bonito!

Y entonces, el viejo libro, ya sin el dragón, ya sin ninguno de sus personajes, fue a tapar el agujero de la pared por donde entraba el aire.

Aquella noche, cuando Fermín se acostó, acarició a su dragón antes de cerrar los ojos. Mientras se dormía, el dragón le contó una historia...

Una historia de un dragón que vivía en una cueva. De un Hada Desorientada que vivía en el bosque y confundía el Norte con el Sur, el Este con el Oeste, la izquierda con la derecha y arriba con abajo. De un Caballero Valiente que resultó no serlo tanto. De un niño campesino de seis años que le limpiaba la sangre de la pata cuando caía en los cepos para ratones. De unos habitantes de un pueblo un poco brutos y asustadizos...

Y cuando Fermín se durmió y soñó, el dragón se encontró con él en sus sueños y le subió en su lomo, y se elevaron los dos sobre el poblado de chabolas y volaron lejos, muy lejos.

Hacia los campos llenos de trigo...

Porque Fermín era su mejor amigo...

Porque Fermín fue el niño de seis años que supo liberar a un dragón.

## TE CUENTO QUE ANDRÉS GUERRERO...

... siempre ha sido dibujante. A los tres años hizo su primer dibujo importante: un tren en la pared del comedor de su casa. Fue la primera vez que «cobró» por un dibujo. Todavía no ha olvidado la colleja que le dio su madre. De aquello ha pasado mucho tiempo, y desde entonces ha escrito e ilustrado muchos libros. Tantos que ha perdido la cuenta. Confiesa que le gusta dibujar a lápiz y deprisa, dibujos fáciles los llama él. Nadie entiende cómo un señor tan serio y de pelo blanco puede hacer dibujos tan divertidos.

**Andrés Guerrero** vive en la sierra de Madrid, en una pequeña casa rodeada de árboles. Allí convive, además de con su familia, con sus gatos, su perra Lúa y un caballo que le visita de vez en cuando. Además de ilustrar libros para otros autores, ilustra los suyos propios, como la serie *Estos monstruos no dan miedo* de El Barco de Vapor. Ha ganado el premio CCEI de ilustración por su libro *Cinco ovejitas*, de SM.

## TE CUENTO QUE A PALOMA SÁNCHEZ IBARZÁBAL...

... le gusta mucho el mar, sobre todo el Cantábrico cuando rompe en los acantilados. ¿Será este el motivo por el que su color favorito es el azul ultramar? A propósito de colores, ¿sabes que Paloma dedica parte de su tiempo libre a pintar al óleo? Pero no es lo único que hace: también modela el barro y, por supuesto, no para de leer. De hecho, nunca ha dejado de hacerlo, desde aquella vez que, siendo niña, sus padres le regalaron un libro muy muy gordo y ella pensó que nunca lo terminaría. Pero se equivocaba: no solo lo terminó, sino que le gustó tanto que le hizo desear escribir e inventarse sus propios mundos e historias. Afortunadamente, es tan amable de compartirlas con nosotros.

**Paloma Sánchez Ibarzábal** nació en Madrid en 1964. Ha trabajado como puericultora y auxiliar de enfermería. Además, participa en diversos talleres infantiles. En la actualidad colabora en una biblioteca escolar, donde tiene trato diario con los niños.

# Si te ha gustado este libro, visita

www.**literatura sm**.com

Allí encontrarás:

- Un montón de libros.
- Juegos, descargables y vídeos.
- Concursos, sorteos y propuestas de eventos.

¡Y mucho más!

## Para padres y profesores

- Noticias de actualidad, redes sociales y suscripción al boletín.
- Propuestas de animación a la lectura.
- Fichas de recursos didácticos y actividades.